O Sapateiro e os Duendes

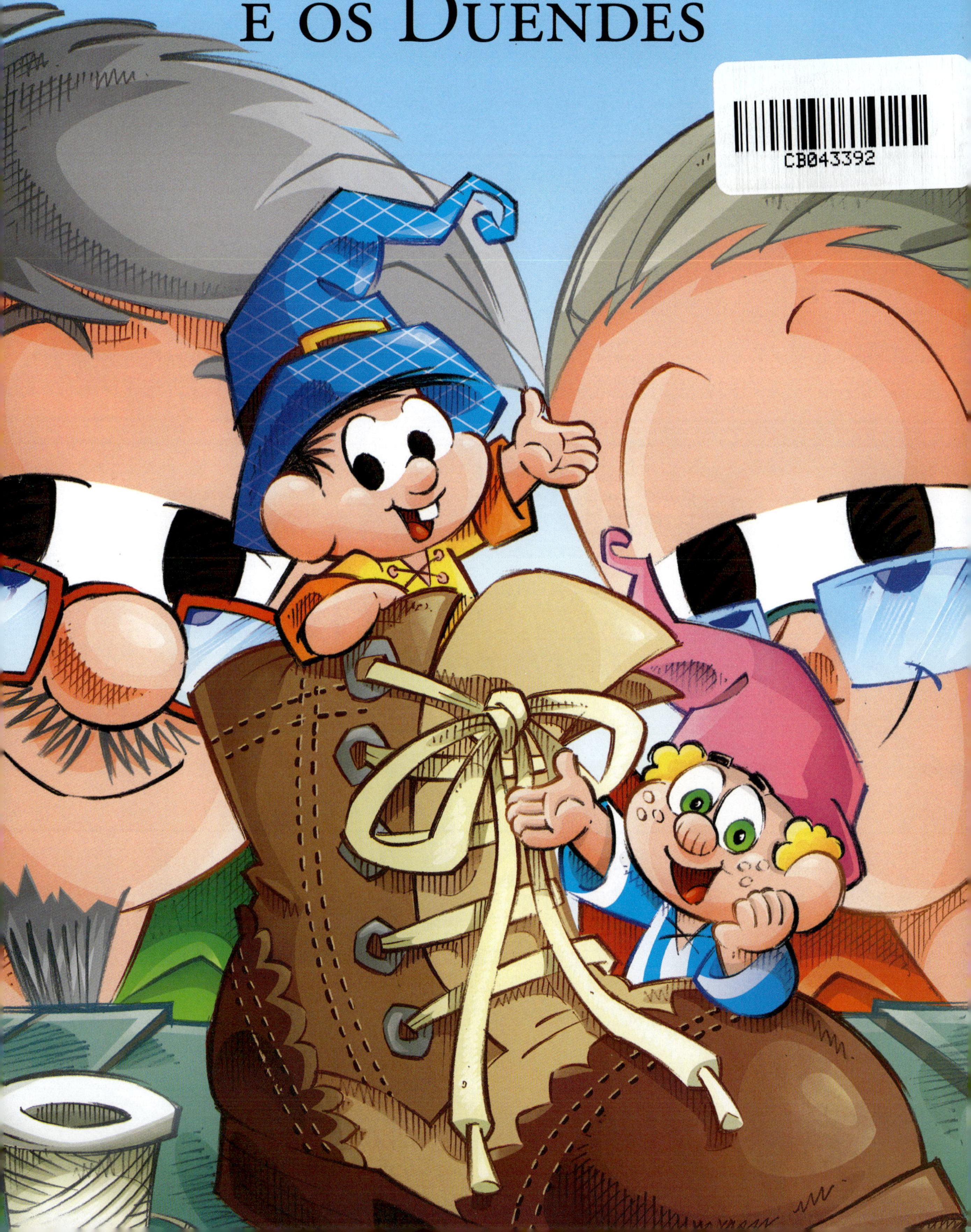

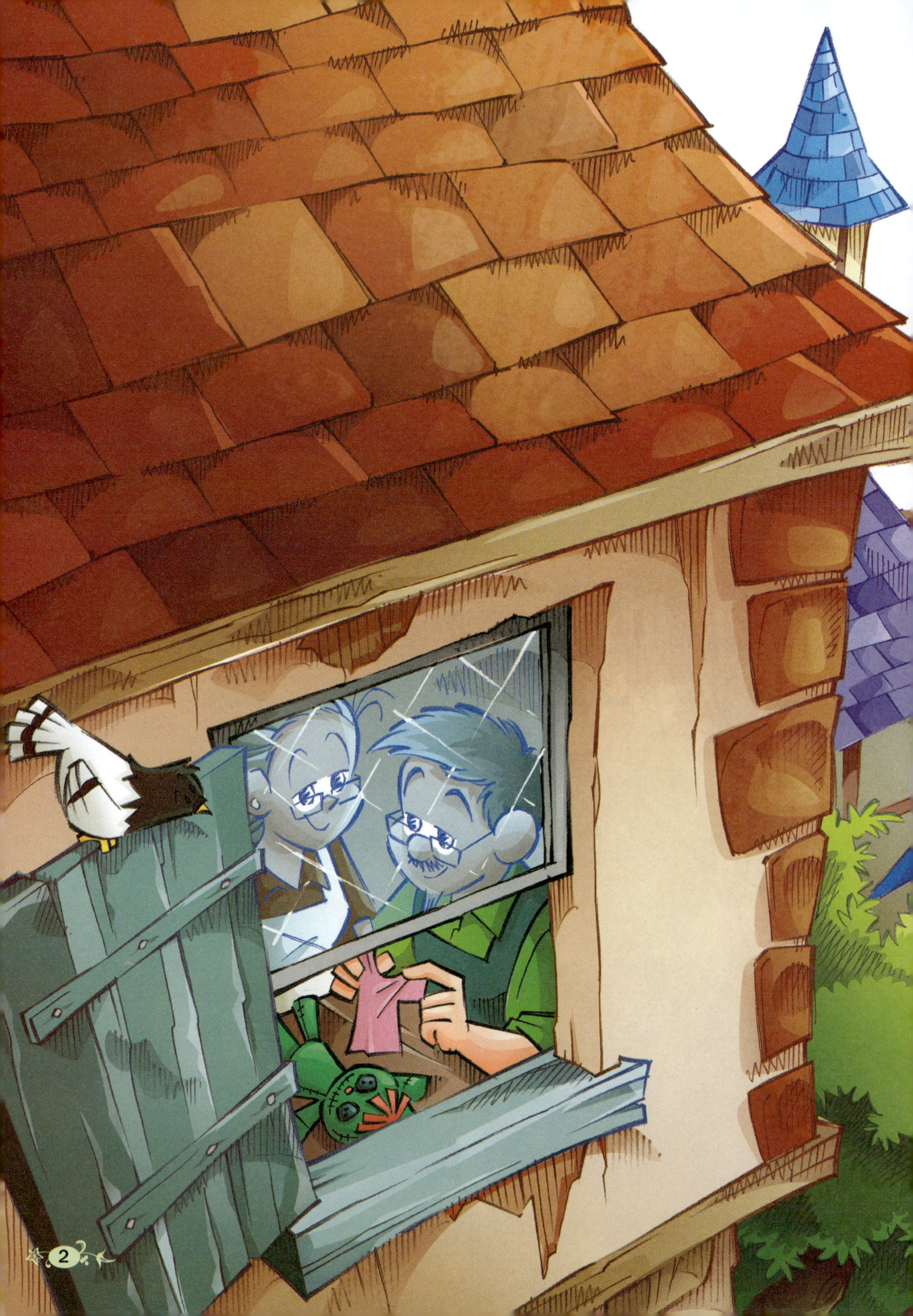

ERA UMA VEZ UM SAPATEIRO MUITO HABILIDOSO, QUE FAZIA COM PERFEIÇÃO BELOS PARES DE SAPATO.

SUA ESPOSA TAMBÉM AJUDAVA E ERA MUITO DEDICADA AO TRABALHO. PORÉM, COMO ESTAVAM VELHOS, O TRABALHO NÃO RENDIA MAIS COMO ANTIGAMENTE.

MESMO SENDO MUITO POBRE, O CASAL ADORAVA AJUDAR OS OUTROS. POR ISSO, NAS HORAS VAGAS, FABRICAVA BRINQUEDOS DE MADEIRA E ROUPAS PARA DISTRIBUIR ÀS CRIANÇAS POBRES DA ALDEIA NA ÉPOCA DO NATAL.

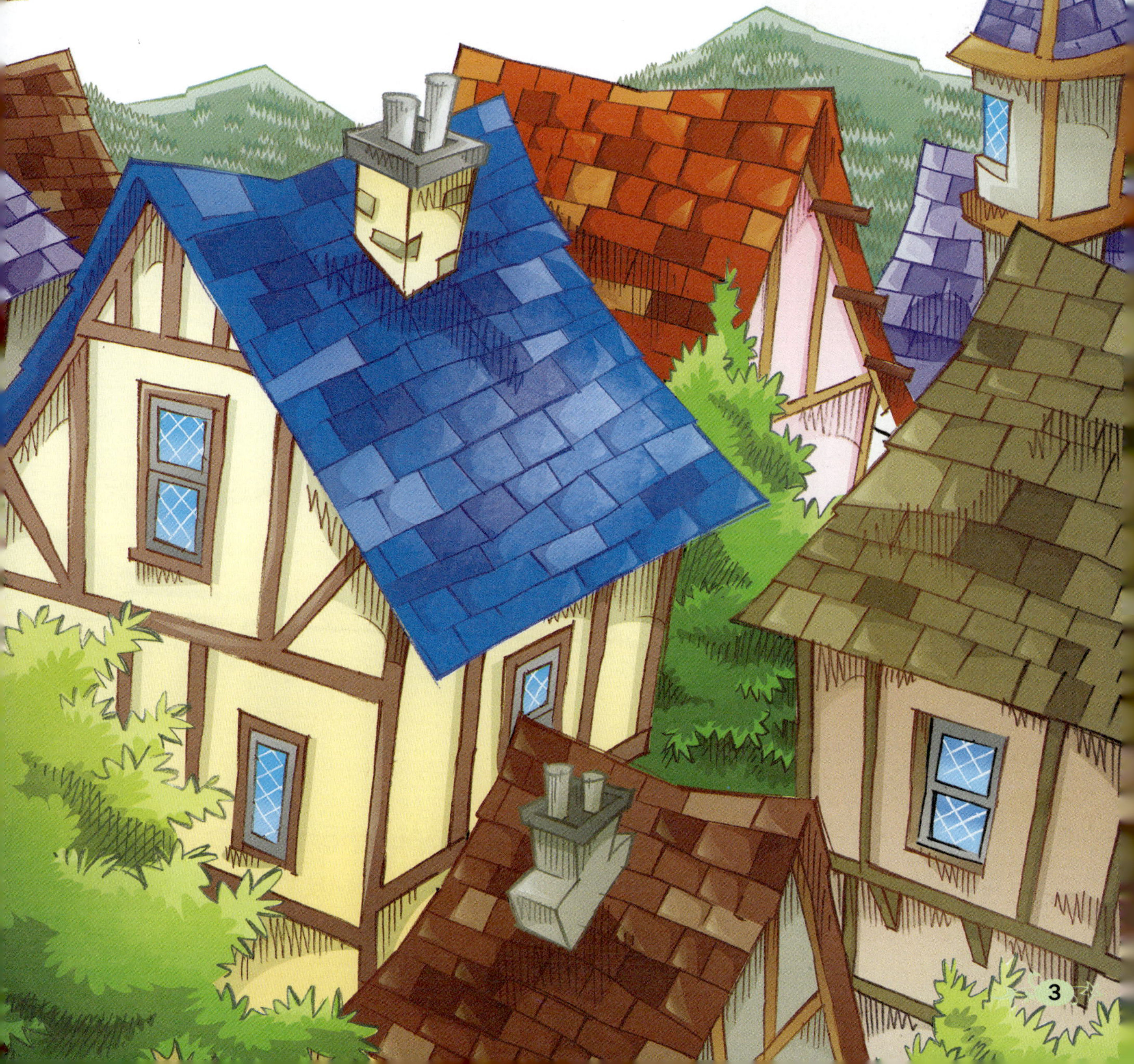

Porém estavam com pouco trabalho e, com o dinheiro que restava, conseguiram comprar couro suficiente para fazer um único par de sapatos.

Mesmo assim, o sapateiro não desanimou. Cortou o tecido e, antes de ir embora para casa, deixou tudo pronto em cima da mesa para costurar o sapato no dia seguinte.

Quando amanheceu, os velhinhos foram direto para sua oficina terminar o trabalho. Ao chegarem lá, o sapateiro levou um susto ao ver um belo par de botas, prontinho. Sem acreditar, esfregou os olhos e pensou:
— Minha memória está meio fraca, mas tenho certeza de que não terminei este sapato ontem.

Ele chamou sua mulher para ver. Ao examinarem o calçado, viram que estava muito bem-acabado, uma verdadeira obra-prima!

Eles colocaram os sapatos em exposição na vitrine. Minutos depois, entrou um comprador na loja e ofereceu o dobro do valor que eles costumavam cobrar.

Com o dinheiro, compraram couro suficiente para confeccionar quatro pares de sapatos. O sapateiro cortou os moldes e foi embora para casa.

Na outra manhã, lá estavam os quatro pares de sapatos: prontos e muito bem-acabados!

OS SAPATOS FORAM VENDIDOS RAPIDAMENTE E, DESTA VEZ, O CASAL COMPROU COURO SUFICIENTE PARA FAZER MUITOS SAPATOS. ELES CORTARAM OS MOLDES E, NO DIA SEGUINTE, ENCONTRARAM OS SAPATOS PRONTOS NOVAMENTE.

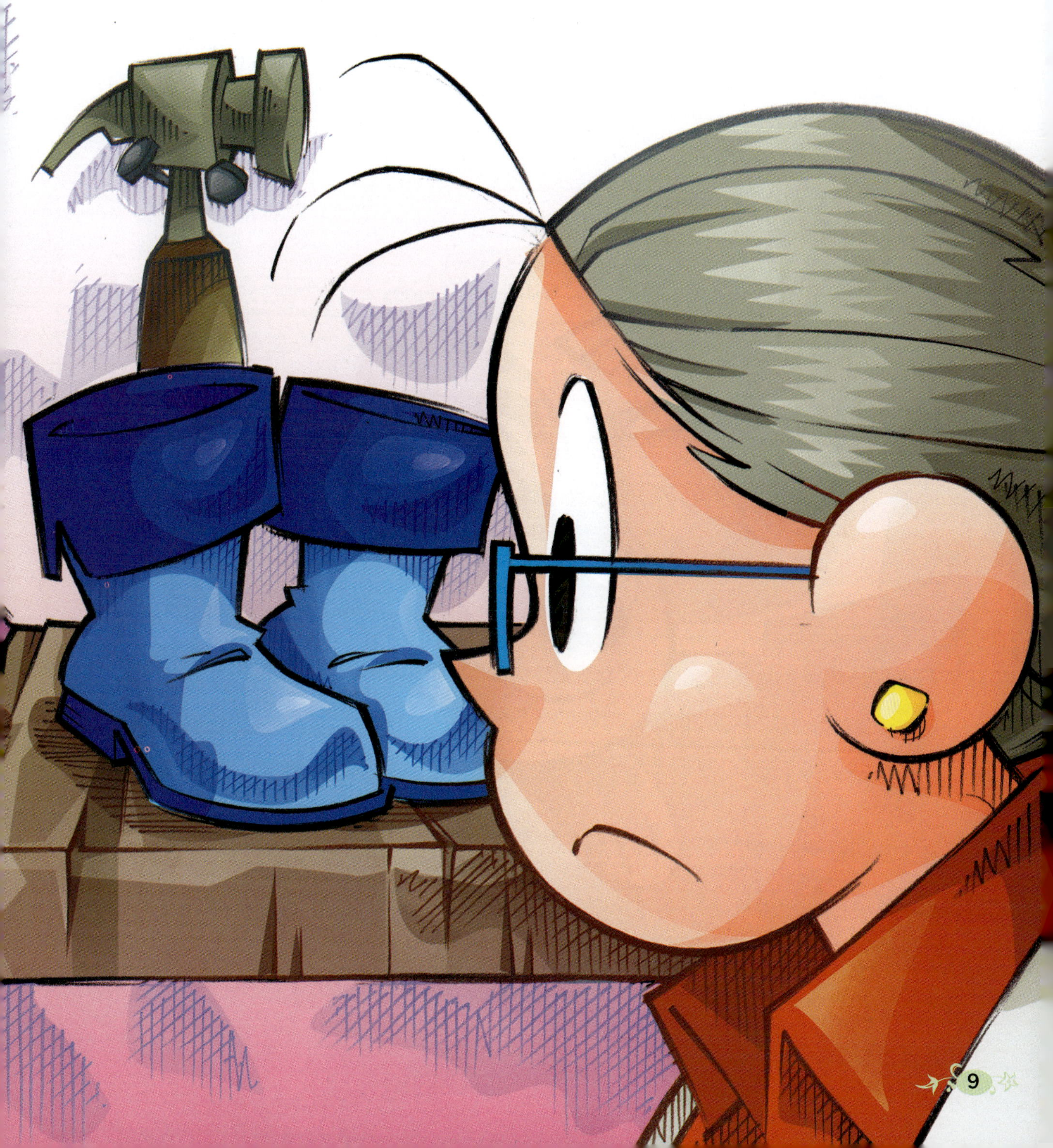

A FAMA DA SAPATARIA SE ESPALHOU POR TODAS AS ALDEIAS VIZINHAS. OS VELHINHOS ENRIQUECERAM E AGORA SÓ TINHAM O TRABALHO DE COMPRAR E CORTAR O COURO.

UM DIA, O SAPATEIRO PROPÔS PARA A ESPOSA:

– O QUE ACHA DE ESPIARMOS A OFICINA À NOITE, PARA DESCOBRIR QUEM É A ALMA CARIDOSA QUE NOS AJUDA COM OS SAPATOS?

ELA CONCORDOU NA MESMA HORA.

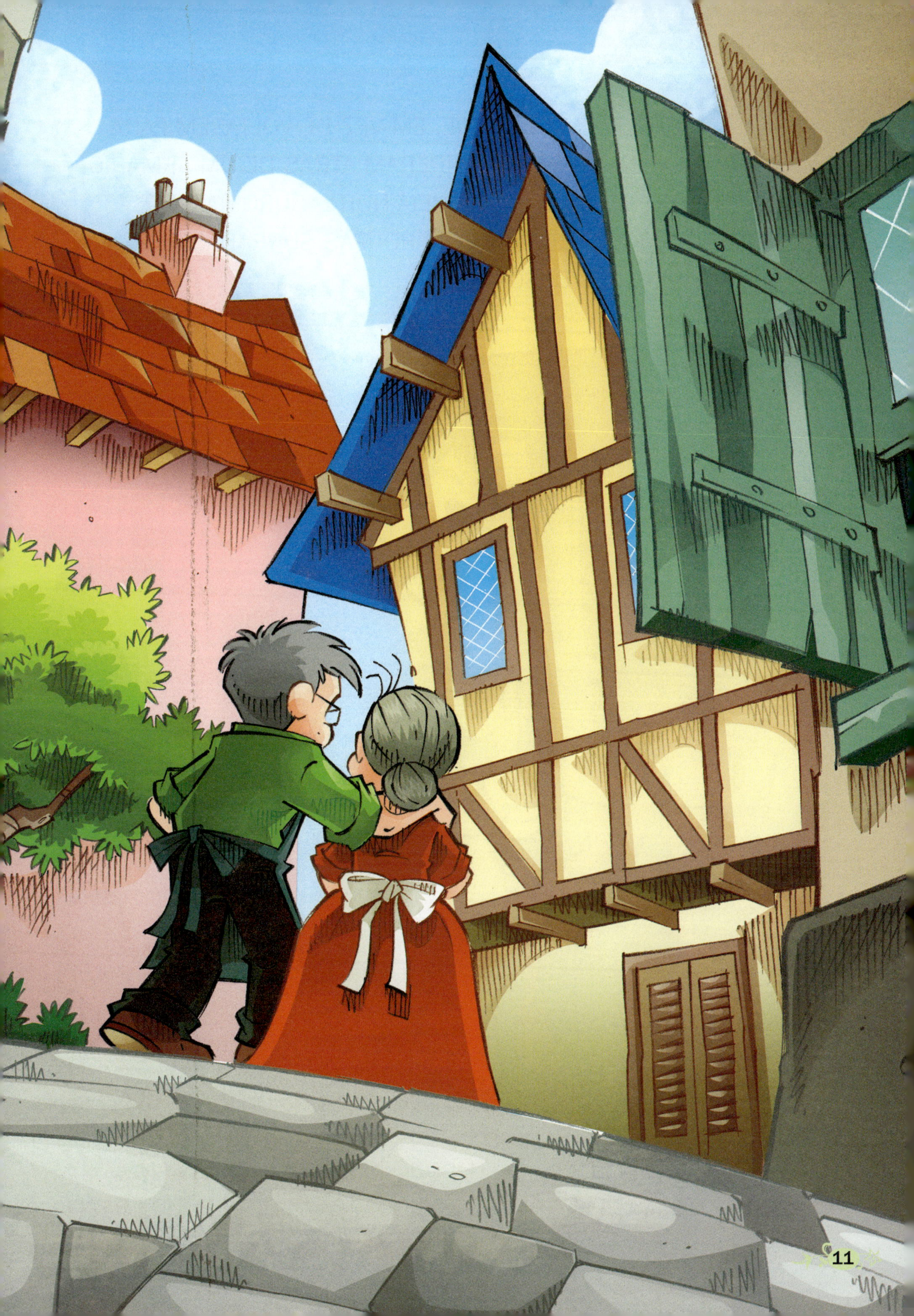

Naquele fim de tarde, em vez de voltarem para casa, os velhinhos se esconderam atrás de um armário. Quando o relógio bateu meia-noite, surgiram na oficina dois homenzinhos com roupas surradas e rasgadas e os pés descalços.

A MULHER EXCLAMOU:
– VEJA, QUERIDO, FORAM ESSES DUENDES QUE NOS DEIXARAM RICOS. MAS ELES ANDAM COM ESSES TRAPOS, PASSANDO FRIO. ISSO NÃO ESTÁ CERTO! EU MESMA VOU COSTURAR ROUPAS E TRICOTAR ALGUNS CASACOS PARA ELES.
– E EU FAREI BELAS BOTAS PARA OS DOIS – COMPLETOU O SAPATEIRO AGRADECIDO.

No dia seguinte, quando os duendes vieram fazer seu trabalho secreto, não encontraram o couro cortado, mas as roupas e as botas de presente.

Eles vestiram suas roupas, calçaram as botas e pularam e dançaram alegremente, enquanto cantavam:

*Somos duendes elegantes,
Nunca mais passaremos frio,
Chega de trabalhos desgastantes
Agora é só diversão, viu?*

O MARIDO E A MULHER OUVIRAM A CANTIGA E ENTENDERAM QUE NUNCA MAIS VERIAM AQUELAS DOCES CRIATURAS. O CASAL ESTAVA MUITO FELIZ E AGRADECIDO. AFINAL, AGORA O SAPATEIRO PODERIA DEDICAR MAIS TEMPO AOS BRINQUEDOS DE NATAL DAS CRIANCINHAS POBRES.